ジャキジャキ

水城鉄茶

思潮社

ジャキジャキ

水城鉄茶

思潮社

目次

装画＝野沢二郎「地表近く／バイオレット」

ジャキジャキ

洗濯日和

ナーイスバッティーン
朝のプラットフォームで声をかけられた
ハッとした
プチ整形が見破られたのだ
おじさんはその道のプロだからね
舌先にレモンケーキの酸味を感じるかい
恐怖かい
チュートリアルはスキップしちゃいけないよ
おじさんと肩を組んで電車に乗り込むと
ハイパーヨーヨーの広告が目に入ったが無視

精力の充実を感じさせるギョロ目のチワワ
を抱いた老婆からかなり離れた席に腰を下ろした
税務署の不思議、体験してみない？
などという甘い誘いには乗ることなくおじさんは
膝立ちになってきらきらと窓の外を眺め
詩的感性の結晶としてのさいたまスーパーアリーナ！
今夜はダイナマイトナイト、朝まで蟹の身をほぐしちゃうぞ！
などとオペラ歌手の声量でまくしたてるので
ビールかけをしたくなってしまった
好きだなあこういうひと
将来はきっと素敵な五角形の家を建てて
ちょっとここでは言えない動物を飼いたい
だから練習する腹話術
これで一発当てる　必ずうまくいく
だってお天気お姉さんだってそう言ってた

諸君の前途は鮮血のように赫赫と輝いているのであるって
遠く遠くで誰かが旗を振っていて
国旗ではない　決して国旗ではない
わたしはそれを見ることができない
ただ高揚し回転するオレンジ
翼についた水をはじいて飛び立つツバメ
どこかから口笛が高く鳴って
わたしは明るい打席へと歩いていった

届け物

どうしよう、こねこカレンダーが届かない
剣山の上でコーヒーを飲んで
素敵な疎外感を極めていた
みちるちゃん　非実在
倒錯を自覚している
本格派・武闘派・エキノコックス
どうしようが届かない
分けてあげたいのに

お姫様なのだから躁鬱に決まっている

つねにイブニングという感じで
フィルターがかかっているだろ
ヘイ、とだけ言って見つめる
時間をただ感じる時間に
花畑から花畑の権利書が送られてきた
これこカレンダーは???
おかげさまで今年が始まらない
香水を飲みます

「頭を叩かれるとコピー用紙が出てくるじゃないですか」
「いますぐ確かめよう、光の国へ」
「ハハッ、トムとジェリーは実は内気です」

非実在みちるちゃんはショックで吐いた
しっかり「オエーッ」と発音した

その演技性に白けるかどうか
分水嶺めがけて吐いている
魚がかわいそう　美しくて
口から夕べにきらきらと贈り物をしているのだ
さあ、明確に誤解してくれ
途切れる声に
ふるえる人影を見つけてほしい

「当選した、何かに当選した」
「おやすみ愛しいひと
　　　　夢のなかの夢でも元気で」

色とりどりの花を食べていると
牛乳屋さんが牛乳を届けてくれた

途方もなくぴかぴかの瓶に
「吉」と書いてある気がした

ジャキジャキ

最高の暖房の冷房のために祈祷する手が
切り離されて任意の子どもを襲撃する
あたしたちはそうやって文字を覚えた
取り返しがつくことではない
残飯が主張してくる
もっと　もっともっとが欲しいと
帆影が揺れて空調はどうだろう
聞こえるか？　猫の餌みたいだな
背筋を蛇が走る日　愛したい愛したい
ブーメランは交錯しておれのものはない

きみはバカだから交差点で光っている
中古車が欲しいと顔に書いてある
クレーンゲームのテクニックを応用して
神様　バスを下さい　愛すべきバス
救命もできるお猿さんが乗ってる
カラオケで笑ってしまって歌えなくなろうぜ
ベイビー
充電器を貸してくれ
頭のなかを見せるために外科医を呼んだ
みずからの抵抗を抑えるために食いしばった歯が欠けた
おれたちを通り過ぎるかっこいい年代記
ベロベロになって遮断機にキスして
誰かあいつを名人呼ばわりしてやれ
垂らした脳に風があたって痛気持ち良い
それも風景になるとおまえは言うだろう

分かったからイチャイチャさせてくれ
ああ　人間が露出している
何かの切れ端が風に舞っている
どうしてそれで胸がひりつくんだろう
助けてほしいっス　とエアコンを凝視する
知らんわ
家が暴れている
ペンを握ったあたしたちに突風が吹く
動物のように動物に怯えながら
妙に充実して黒くなる
そうだ正しく荒んで
ひどく熱い冷たい鉄棒を書き下ろせ
輪郭をジャキジャキにして風は
恐竜みたいな蟻を照明する
これは好機　おれはサイコだから波乗り

扇を振り回しながら右左　擦過する
雨を降らせることもできた　そして
泥を散らすことも
ソーダが鳴っている　風に
風は手は表現する
おまえを余すところなく表現する廊下
塵芥　足の爪に挟まった糸屑
川はずっと流れている途方もなさ
魚も自己紹介をしてくれる
祈る必要はもうないのかもしれない
形を愛するのもこれまでとしようか
聴けばいいのだ音の波　アホみたいに反復する
音楽　その楽譜をガキが
無意味なガキがはためかせているから
おまえはそこまで走っていけ

きみはそのまま光って
そうしたらようやく出航だ
万事整って　全員
感電しながら沖へばらけていこうぜ

明日の工場のために

雰囲気に負けず
鮭の切り身を植える
どぅれっ
ターザンにアクセス成功……

あえての沈黙と
逆さまの十字架
ひょっとして
ワイキキでやんすか
結局、青竹（高級）でなんとかなったんすか

かたや中古で揃えたよ
言えないものを

背後に
いますね

「もちくってもちもち」に感銘
嵐はすでにずたずたなのに
病理
追い詰めるほうが楽しい

映画館でもやるか

できる走り高跳び

ミートパイを食べたことは？
知らないうちに
そうかも
ふくらはぎに「情念」の刺青

霧の
ふわっふわの耳当て
フックを折る
どうしても折りたかったから
それがクロール上達のコツ第三
第一はアディダスを拒否すること

そりゃ奇数が好きって言いたいでしょ
小賢しいよね
袖を引かれてる

ぼやけて
美しくなる

よっこい正一

地形ですでに有利
鳶
重力を教えてやる
ミンガーゴスってわかる?
メモっといて
飲めるかもだし

すき焼き食べたいな
剝離していく音に
顔が平らに近づいていく

寝坊した
ライオンの練習
３時間

足りないわ
綺羅星のようなゲロを再現できない
埃にもかかっていた
逆らうこと
順番に遅れて来る
正確さに拍手を
そのために半田ごてを置いて

むしろあげたかった
もらいすぎている内的なもの
救いがたい目

いま
おまえをパイナップル圏内に捉えた
最悪の歌詞を書かせてくれ
どぎつい緑色の

掃除機の気配をラッパで掻き消したい
そんなものはない
ツベルクリン反応から時は経ち
最近どうなのよと自問しろ
かけがえのないひとときを使って
ずっといますよ
終わっても

水を水で割り
シンクに捨て

すべて思い出し

秒でそのほとんどを忘れ
水を水で割り
ぐっと飲み
それもすぐに忘れて

ジュースの色を形容するために
任意の肉をつねった
家の家だから
ボックス席とは違うところを聞かす
そういうのもういいでしょ
出禁にしちゃおうよ

さあ

みっつよっつ
お初に汚します
ゲリラ　菜の花
収納スペースの悲喜劇
党費を支払わないことが
ラスクを二口で食べることが
三つ又の朝のように
遠足で見かける地元民のように
的を外していく豪速球
手製の人体模型のなかに
置いてきた熱
それが戻ってきている
奇怪なトラックが走り
口へと運ばれていく
杭打ちのように

ンガーゴのように
反物の抽象度合に苛つき
貴様はぐちゃぐちゃ弁当を感じる
直射日光のように
すぐれた挨拶のように
がめつくなる
それも許す
ぐちゃ弁　男が何か叫んでいる
生存の杏仁豆腐を食べよう
狸は狐を知らないかもしれないんだ
どんどん開けてくる駅に
分身が走ってくるぞ
サイボーグのように
正夢のように
新記録を出しながら

浴びろよ、固形を
もうとっくにパーティーは終わってるが
不明機関からもらった銀賞の紙切れを
ひらひらと
いやはやひらひらと
新種の蝶のように笑いながら

倍にゃんこ

倍にゃんこさん、どうも。
このたびは埴輪でした。
ずっと伺いたかったことがありまして、その、
鞭のことで。

倍にゃんこです
暮らしてきました
やってきたってことですよ（激怒）
それだけで充分じゃないですか
帰れ……

そして生きているわたしであって
月を内側から舐めていると
やっとつながることができて　首を
グネンと曲げますとそこに
ウィジャ盤があるので
叩きます素手
さっきまでは観音だったんですけどね（微笑）

倍にゃんこさん、
倍にゃんこさん、

倍にゃんこです
あなたもわかってきたようだ
そこんとこに引っかかってきている

ウィッグを付けなさい
ケチってはダメ……

記憶を綿棒でいじられているわたしは
恥ずかしいですか
効いてます　かなり
飛んでいくのだと言うのです
わたしがです　どっちもです
つまり辛めのジンジャーエール
導かれるようにタイルシールを注文したこと
そのことを罪として
スピーカーをがんばって舐めているのです

倍にゃんこさん、
倍にゃんこさん、

うぉおぅ
倍にゃんこさん、
倍にゃんこさん、
ぉおうぃぇええ〜〜〜ぃ

倍にゃんこです
実は確信が持てたことはないんです
でも帆立は活きていて貝として噛むし
ヘラを差し込むとしっかりと抵抗する
ぐいぐいやっていくとその力がしかし
ふっ
と抜ける時があって
帆立も観念する
そういう話がしたかった
倍にゃんこって何……

ここからはわたしがお送りします
お住まいですよ
あなたもね
真理がトドのように痙攣して
晩御飯は何年前の連絡網なのか
掻い探るあいだ、川に血を流し
大根だけを映した映像です
しみじみ
ロケットパンチを受けとめ
汚れたマイクでアニソンを歌わせてください
笑ったらおまえの血ぜんぶ抜く

倍倍にゃんこで斃死寸前

作詞：発狂院のどぐろ
作曲：前科六犯丸

倍にゃん　ばっ倍にゃ～ん（ふふぅ！）

（間奏）

正気づけば紀元前　博論を詰めなきゃ
楽しい付論がいっぱいいいっぱい
あちゃちゃ　梅茶漬けっけけけ
ケケケ……
どうなっちゃったって
マクロ的可塑性を信じたいでしょ

消される前に消せと教わった
だからでもだけど　ああもう

麻酔が効かないないないないない（でぃれい！）
鹿のゾンビは鹿ゾンビ（じめい！）
設備があればなんでもできる
倍にゃんこにかかればすべて可燃物

（間奏）

賞味期限は不明　試論とか言わなきゃ
どぎついブロンでいっさいがっさい
あびゃびゃ　酒茶漬けっけけけ
ククク……
とんがっちゃったって

マグロ風顔面を保ちたいでしょ
麻酔が効かないないないない（きえぇぇい！）
鹿のゾンビは鹿ゾンビ（しねぇい！）
永久凍土なんて幻想
アクターネットワーク理論で勝てるから

粉砕するしかしかしかないな
そうだそしていま　この時

麻酔が効かないないないない（でぃれい！）
鹿のゾンビは鹿ゾンビ（じめい！）
設備があればなんでもできる
倍にゃんこにかかればすべて可燃物

嗚呼
設備があればなんでもできる
倍にゃんこにかかればすべて可燃物

…………

よからぬものが窓を叩いて
わたしたちは間違った道を進んできました
帆立はあんなにも懸命に
生にしがみついていたのに

わたしはこれから
帆立の道を行きたいと思います

占われた、火

占われた風に
火に　占われた
ダイエット・コカ・コーラに
ごみ箱を漁っていた

占い師に　誤解されやすい運動
虎はわたしだった　占われていた
変な木を使って　魚じみた眼
骨でも夕でもなく
朝でも水でもなく

真っ昼間の火　変な木
水晶なし　水晶なしかー
手が飛びそうになって　誰にも言わないし
お金を払ってまで　わたしたちの鳩
住宅ローン　父の　母の
エクスプロージョン・オブ・コカ・コーラ

なんでもない　生活の隅に
合金のチューリップを見つけなさい
聞き違いだったかもしれない　聖なる
ヨード卵・光　ありがとうよ
人間に生まれ　たけし
あきら　かな　みつを　瓶に受け
猫へのシンパシー　海原

占われた　火に
凪に　凪は
探していたのは　誰の指輪だったのか

まともな木の揺れて　茶でも飲み
最近どうって　めったに外に出ないから
うっかり油で揚がるかも
ああ県議会
そこにきみと呼べる者はいない　ガッデム
いたことがない　あらゆる問題は連続し
キュウリの音で渡っていく　足は
月も知っている　青のハイライト
そこそこ悪しき金遣いの自覚
ターミナル猿

犬だよ
心配いらないよ　背後に象
乗せてはくれないから歩いていく
近々そういう大会が開かれるんでよろしく
オーライ　でもあんた引っ越したら死ぬよ
なるほどね
すごく励みになります

初対面で見抜かれた虎
火を越えて
それは凪　わたしだった
耳の裏まで
占われていた

そう　真っ昼間　火
変な木　頭の　頭のなかの
未来　到来するもの
すべての星
すべての象よ
それはきっと
誰のものでもなく
誰のものでもある
伴侶

強く
強く望むこと

ゆびかみ

みず
うみへ
腹が
ひらけている
なんにんも
ひかって
かみを
まいて
きた
、
ゆび

、
あなたを
おとず
れる
つもり
で　あいに
いく、
かみ
、そこ　、
そこ
で、
わた
し
に
おと

ずれら
れる
くち、を
ふるわ、せ
て
烈しく
あいて
いる
。
、
ゆびが、
きて
いる
、、
あたら

しいぞ
と
だれ
かが
いっ
た、
、
なり
かわり
くるい咲く
ゆびが
し
、び
れ、
を

、
うみ
、
だれ
　たれ
でも
　だれ
、
でも
なく
なって
だれに
も
なっ
ていく

、

もっと
血を
ぬいて
あげる
から　この
くれる
これ　この
かみ、
かみ　かみ
そう　みんな
吸っている
啜っている
綴っている
かみ

のはら
ひらけて、
　　　　はら
　　　　　　　ひら　　まいて
　　ばら
　　　　　　まい　　てゆび　　の
　　　　　　　　　　　　　　　　はら
　ひら　　　　　ぱらめい　て
　　　　　のはら
　　　びら　　　　ばら　　まい　て
ひらめ
　　　いて　　ばら　　　　かみの
けど　この

ゆびは
これ　この
ゆびわ
になって
もう死の
おとして
いる。
、
すべてを
な
ぞ
ろうとする
ゆび、
のはらの
なかの

すべてを
、
すべ、
てをなぞろうと
するゆびの
はらのなかのすべてを、
すい
すすり
つづり
尽くし

、
すべてのかみは
すべてのそとの
みずうみへ

ひりだせ

扉も椅子も虫のように軋み
虫たちはたちまち一面に死に広がり
そこに馬は
乗れない馬は炸薬を蔵し「ヴィンテージ！
　ヴィンテージ！　クソ！
　　一生を赤くしてやる！
　硬い虫種を踏み抜く！感触と
太陽が爆ぜる音！を
　汗を散らしながら
　　もぎ取り

行きつけの病院を凸破壊する馬は
〈おまえの従兄〉だから！
　　フィーッ♪
　　　と口笛を吹いて喜べ
やってくれたしダサい服屋も粉砕
そこに川を流すための工事
よく見たら従兄ではなく
　　　　⊙怪鳥⊙
　　　　　ではないか
表紙の風景を喰らっている
見覚えのない純粋な顔……
　　　　神話を引きちぎり
　・数千の寝坊
　　・数万のスピーカー
このままでは［就労］は難しいぞと

　　　　恫喝する輪唱に耐えかね
《特殊な店》で羽搏こうとするおまえの
　　　横で
　すり替わり【化学的な鬼】が飲酒！
どでかカラオケマイク独演会無料でこれは
時間ですね　実に　時　間　で　す
と恍惚する客は極左
歌えよ～刃渡り2メートル～その外へ
みだ（らみだ（りに開きな（がら反り返り
鬼は金属（元素番号不明）
　　だからドライに強く打って
見えてくる星も
　　　　　弾き
　　　ひどく晴れ
音高く

叩けば叩くほど増える眼
球
と
狂騰する視界はもう
離
陸
し
て
！
火事だ㋪
おれもおまえも
鬼畜だから諦めろ㋖
諦めながら走れ！
妙な色に燃えて！
！かち割れ！その先に

﹀﹀ 絶叫しながら ︿︿
※裂けながら
ひりだせ！！！！！！
すべてを！！！
天の川のように熱く！！！
真っ赤に！！！！！

八千屋公園

この世にはドッグランしかなく
バーバリアン小田はわたくし
一見ひからびた緑を失礼開くや
ろろろ流出キャベツや晴れの雷鳴
汚かわいいぶっといトウガラシあるいは
ほっそい残念ニンジン帰れ早く
コール同じものなのに散乱
おまえはスマホアプリでもやっていろと
木にはっきり捻じれひど言い
何も支えない枝の向こうにドン家

ジョン以外合鍵をすべて寄越しなさい
許しなさいすごくこれらの野菜を
おいしく頼む生活開発者目線で
漢字かなコーン交じりで炒めつけ遺憾極め
取り出し茶無茶苦茶苦い茶すわ、
ロン、やっと走らせる美顔器
予約されていた豪雨も肌に乗りアルコ
匂いたちフランベ平山もわたくし
怒号水ふざけんなナス出せフーリガン水
みずから埋まっていくずぶトマトを認めない
だから雨油雨酒まだ帰らない燃している
奇の名の下の左の上の上の左の下の左の
ちょっと右のもっとずっと左へ電霊気力ば
ババババリ打ち込む三未耳実
歯よ万感で払え八千いや八万の猫が屋根を

ギャギ狂い鳴らし迫る引越の境地
その中央をぶち貫いていくゴッツ重い缶詰に
メッッッリ突き立てるバカ研いだ缶切り

魚の口

青い舌は自転車　天気予報で染められた
その匪賊のような色　エナメルの
情報戦　スポークは回り
甘苦い雨雲を否定して
おまえ　誑かしに来た
つまり嘶きに来た　おれの口のなかで
巡る馬たちそれがすべて魚になると
すでに口から出た魚の唾液
魚は考えている　一銭も儲からないことを
だから一匹ずつ石鹸でわしわし洗ってやろう

それでおれはみなさんに言います
今日は突風が吹く
馬の魚はすぐ乾くでしょう
雨にもかかわらず　おれたちの高熱
本物の太陽を知っている　震えたりしないし
脂ぎっている　宣言する魚は宣言する
宣言する馬の強靱な脚！
暴れる舌のおれの腕はホチキス
爛れる寿司の拍手をナイフで獲得する
別荘になっていく！
がぱぱエナジードリンク流し込む魚
ぜんぶ空から言え　ダウジング兄弟の誘致に
成功し　不埒な頭蓋でどういうことか
教えてあげたい……象は虎だ
象＝虎の馬＝魚が口のなかをぐるっぐる巡っている高速の液というわけなのだよ

水城鉄茶『ジャキジャキ』によせて

二〇二四年九月　思潮社

真情あふるる軽薄さ

森本孝徳

第一声は「ナーイスバッティーン」である。この「声」が「おじさん」のもので、かれが「プチ整形」を「見破」る「その道のプロ」らしいことは続く四行にあるとおりだが、読者よ、聞こえてきたのは男性の声ですか？　女性の声ですか？　バットを振ったのは男性の腕ですか？　女性の腕ですか？　冬の渋谷駅構内を、金属バットをカラカラ引き摺って歩く、二〇〇二年のナンバーガール「ＣＩＢＩＣＣＯさん」のＭＶの田渕ひさ子さんの腕ではないですか？　田渕さんが引き摺る金属バットは、事前のモノか、事後のモノか、判然としませんが（血も毛髪もついていませんから、事前であろうかと思われますが）、さて、もし早朝の渋谷駅ホームで「ナーイスバッティーン」の声が脳内に響いたとして、聞こえてきたのは事前の声ですか？　事後の声ですか？　というのも、早朝（「これで一発当てる　必ずうまくいく」）から払暁（「でもパッカン割れてますってだから何よ」）までの精神のドキュメント（！）である詩集『ジャキジャキ』には、口外無用の一時間があるような気がしてならないからです。

表題作「ジャキジャキ」から。「最高の暖房の冷房のために祈祷する手」を「切り離」す二枚刃の邪気は、「任意の子どもを襲撃」してかれらを邪鬼にする。水城は邪鬼であり、あるいは邪鬼の親玉である。「あたしたち」邪鬼に「文字」を伝える邪気の教えはヘヴィで、「ひどく熱い冷たい鉄棒を書き下ろせ」というダブルバインドの命令。しかし邪気の親玉の無邪気さはこの陰陽いりみだれる道——交互に現れ〈道〉を形成する二つのリズム（オクタビオ・パス）——を軽佻に渡る。右のツェラン（「切りとれあの祈る手を／空中／から／目の／鋏で、」）の引用にせよ「豚ジャンキー」（「おれたちの革命はもっと斜め上／毛はそこに苦しく立っとけ」）の谷川雁（「同志毛は立っている」）のそれにせよ、全篇を束ねるのは「暴れる舌のおれの腕はホチキス」のチキチキの稚気、真情の荒ぶる水の上を歩く軽薄さだ。

「この世にはドッグランしかなく」と断言する『ジャキジャキ』はたしかに、「八千いや八万の」トライ&エラーをくり返しながら「あたしたち」邪鬼《どうぶつ》——猫、蝶、馬、豚、ガチョウ、ぬいぐるみ——の健康増進を企てる超強化型獣健施設である。言葉という真情の伝達手段であることはやめずに、「奇の名の下の左の上の上の左の下の左の／ちょっと右のもっとずっと左」にあるらしい彼岸へと「あたしたち」を導く蕩児の後裔（「コール同じものなのに散乱」）。水城ならこの「やめずに」の緊張こそが詩《ポエジー》であるとつけ加えるかもしれない。「困ったな／頼むよ」と半分無責任になりながら。

最後に「真情あふるる軽薄さ」について。清水邦夫の戯曲からの借用であることは言うに及ばず、筋

2

は現物を読むなりネットの記事を漁るなりしてほしいが、ラストで主人公の青年は「毛糸編機」の「ケース」から「マシンガン」をとり出し、「飼いならされた家畜の臭い」のする「行列の男女」に向け、それを打ちまくる。唯一の同情者だった女はしかし、こう告げるのだ。「可哀そうな坊や、さすらいの坊や……あなたはとうとうあの人達と遊び始めたのね」。水城はどうだろうか。「おじさん」にバットを振り上げ「遊び始め《ジャストミートし》たの」だろうか。口外無用の一時間とは無論、この「バッティーン」の時である。水城は振り上げず振り上げ、振り上げて振り上げない。事前と事後が「交互に現れ〈道〉を形成する」陰陽の時間。時間以前でありながら、時間の外ではない「星待ち」の時機——。「君は、真情あふるる軽薄な君は、忍びより、おおいかぶさり、なおも執拗な埋めつくそうとする闇に対して、敢然と戦いをいどむ時機がきた。恥知らずになれ、柔軟になれ、軽薄さを恐れるな」とは清水戯曲の題辞だが、「不参加への船出」をした水城鉄茶への餞としたい。

水城鉄茶は笑っている

小林レント

水城鉄茶氏をその人として認識したのは、正確にいつだったか定かではない。おそらくはそのとき所属していた詩誌の合評会で出会い、彼の詩にある種のショックを受けたのが始まりであっただろう。その頃の彼は多作であり、年に百から二百の数の詩を書いていて、つねにもっと異なるものへと駆け抜けていた。その詩は生々しく野生的であったが、当の人から受けるウィットも充分兼ね備えていた。

『ジャキジャキ』の詩行を読みながら、わたしはやはり同じたぐいの感銘を受けている。まずは以前合評会で遭遇したこの一行から入っていこう。「そりゃ奇数が好きって言いたいでしょ／小賢しいよね／袖を引かれてる／ぼやけて／美しくなる／／よっこい正一」(「明日の工場のために」)。言わせてもらうが、なんとバカらしいのだろう。ぼやけて、美しくなるまでは意味の影の戦ぎがあるのだけど、よっこい正

3

一という古めかしいギャグもどきに不時着してゆく。しかもこのよっこい正一の行は一行であり、全力を尽くしてこれである。不時着、それも笑いながらのそれなのだ。精神の野党性とでも言おうか、どこまで行っても捕まらない伸びやかさが、この人にはある。

「倍にゃんこさん、どうも。／このたびは埴輪でした。／ずっと伺いたかったことがありまして、その、／鞭のことで。」(「倍にゃんこ」)これも何か言っていることは判るのだ。しかし意味の痕跡は消去されかかっている。意味の起源を辿ろうとして、いちど彼に聞いたことがある。きみは萩原恭次郎とか、ダダ詩とか、読んだことはあるかい?と。彼曰く「一回読んだことはあるけれど、もう一度読んでみます」。しばらくして、ダダの関係資料を漁ったらしく、どうでしたかと聞くと「面白かったです。でもぼくは、ダダ詩の先にいきたい」だそう。きっと彼は笑っていたと思う。十五年ほど前にさる講演会で聞いた藤井貞和氏の「これからはダダ詩が流行りま

す」という言葉に、ようやく時代が追いついて、この人は一歩先を行っている感がある。

作者の詩を読むと、血淀みのように辺りを混乱に追いつめていくことが多い。ほとんどの詩に普通ではない匂いが立ち込めている。「垂らした脳に風があたって痛気持ち良い」（「ジャキジャキ」）のように、痛気持ち良いのほんとうのところをわたしたちの前に差しだしてくれる。裸形なのだ。否、裸形すら脱ぎ捨てた精神の有様がここにはある。「とっくに剝き出しの真皮おれたちは」（「豚ジャンキー」）とつづけてゆくとき「おれたち」、つまり作者から視た詩的なヴィジョンおよび我々も、いちばんさきにある痛覚をはためかせてあるほかない。つぎは少々特殊なこの一行。「怒号水ふざけんなナス出せフーリガン水」（「八千屋公園」）。すさまじい。いつかの電話でこの作を口承して頂いたのだが、さっぱりわからない。ただ内部から外部に放出された圧倒的な水のなかで、よくわからないものたちの逆鱗に触れているることが身に染みてわかる。わかるのに爆笑してしまう。ナス出せ。

4

これらの詩行には、解体の声とともに、感傷の残滓が残っていることも忘れるべきではない。「ああ人間が露出している／何かの切れ端が風に舞っている／どうしてそれで胸がひりつくんだろう」（「ジャキジャキ」）というのがひとつの例証である。ここでも風に舞っているのは何かの切れ端であり、うまく掬いとることはできないのであるが、ふだんは隠れている人間の露出こそが胸をひりつかせる悲劇に転換されている。「そうだとしてもおまえはなぜだか／詩を書くのをやめないだろう／同じうたをうたう／頭がおかしくなっても／絶対に／うたいつづけてやろうじゃないか」（「同じうたをうたう」）という孤独な宣言。詩と音楽というかつては同一であったものが、もういちど差異を失い、ひとつになったまま、読者のなかに注ぎこまれてくる。「星待ち」については言わずもがな。ぜひこの詩集を味わい尽くしていただきたい。

はい主張します主張します圧倒的な肉の旨み
いかれ快速特急のなかで回るタンは鯛の橙
ミネラル来て来て来てるわ！
たぱたぱぱ溺れ　雷魚の通販です
番組です　緑の薬です
あなたは県警の者ですか　ラ⁉
踊りましょう口のなか　ララッ！
マァみなさんはあまりにも
元気がよろしい！ので決壊する水槽
アラぁ　破の口　急の口
何本も何本も脚が生え
溢れだす魚の馬　みずみずしく高らかに
晴れた！　身を反らし
青い舌は光へ
いっさんに駆けていく自転車

酸の味

輪郭線のない輪郭の
それはすべてそうなのに
おそろしく緑　黄　あなた
くだるほどに眩しく　その目
目　はっきりと
どこにでも開いていることの世界はおかしい
頭に鮮やかクリームソーダ
魂のことを話して　離して　ワン
ピースが飛び散っていく
遊んでいました　楽しいと言っていた

急いでよ　あなたのアクション
氷河の歌が聞こえる　さあ高く
高いところへ墜ち
目が多い
新しい空気清浄機がやってきました
赤ランプ　充血
あまりにもすーすーする
チーズの穴が自分らにも、ってことっすね
そこからも歌が　ゲリラの　強い下痢の
目が歌っている　白から黒く盛り上がり
直々に切れ、目を入れて
いわゆる一生の宝　盗難された真昼の
スターダスト　処刑される緑の
毛髪はまだ揺れていますか
水の風に　氷が踏み砕かれている

師匠のコーヒーが目を頭から分けていきます
あなたが飲んでいるのは血
血　頭をぐっしょりと濡らしながら
空は爛爛と醒めて

ガチョウか

総勢の感じを出してきた
わんさかとは違うちょっと
見られると変わってくる
鬼畜とも言う
言われる　感情が動く悪い意味
ともかくですよ
アッシュっていうか
メリケンサックと推察
大変なことでしょ　もう
鵞鳥だよ　ガチョウ

もうガチョウっすよ
話したくないんだ本当は
揃ってしまっているんだから
えっ、てなるわけ
なんか変なの轢いちゃった
血を思う　血を
思ったほうが良いときってある？
ないよ〜〜
絶望だろ　しかない
量的におかしいもん
盛り上がりだよってさ
帰ってくれ
通じないからいらっしゃってる
どうすんだこれ
おともだち紹介をやめろ

おなか痛くなってきた
自覚が必要だ
やっちゃってるということ
思いが通じ合ってる　無理だと
そっちとそっちが　こっちが
こっちとそっちが　どっち
はぁ
もうこっちサイドだから
そういうことにならないか
誤解の余地なし
全域がなくなるよ（?）
それはそれで美しいの
どうでもよくないよ
諦めないぞ
厳密にはガチョウじゃない

そこは否定しときたい
こっちがこっちとこっちに
うん　うん？
諦めたいな
誰よりも卑怯だから
こんなの間違ってる式に
差し込んでいくわけ　ひどいだろ
ひどいね
どんどん増える
術だわ
どうしたらいいんですか
クズっぽい
トイレでやれ
あらためることの罪
それはガチョウだ

なんなんだよ
そういうことで
もう行くからさ
困ったな
頼むよ

晩餐

ぬいぐるみの断片を藁で包む夜
木ぃの独楽の音で食が進む
一円玉　ほっほっ
ナイフがおれを通るのか　おれがナイフを
ぎりぎり仕事ができる具合に
ビニール袋も加わる
震えている……今夜はこんにゃくだ
どうやって鳴らすかだ
成仏させてやりたい
表情は昔に作られた　くっく

五カ国語の用意がある　贅沢時間
リンパ液の広がりにぐっとくる
こんにゃくは浴びたい
契約が交わされる
フォンデュ　堂々としたものだ
縫ったほうがいいぞ
正念場　撮影陣にも熱気
何かがふさふさだ
神経的な虹が見える　レディースものか?
おいしいかもしれない
確かなものの希求
助けを呼ぶのにベル　ブザーじゃない
ナイフは肌で哲学されてきた
あくまで冷静　知ってますという雰囲気
痙攣しているが

振動で大根をおろすのはどうか
ぷりっとして身　メタ認知
投入される機械
怯えるこんにゃく　外科だ　嫌いなやつ
おれは入道雲のようにもてなしてやる
どうやら機械はお祝いメールを送るようだ
誰彼かまわず　みんなリンパ健勝
こんにゃくで元気でおめでとう
外は嵐　体育館みたいだ
助かる可能性がなくて気分が良い
お茶漬け的な多幸感
嘘だろおれはこんにゃくだ　話が違う
血のサインボールを濫造する手が冷たくなる
食べられる経験は貴重だ
切り分けられていく

何をしているのかわからない
おれはひとりなのか
箸も準備されている
誰も待たず
舌の音が響いてざっと引き千切られる繊維

炎天

炎天　でかい月
シャワー救急車　通報せよ
チャッチャッ！
漏斗身体をくだるレモンはじゅるっ
じゅるんの新作花火だが　なあ
おい　今朝も卵を燃やしたか
己の顔面を叩きのめして　血塗れで
泣きべそで　ドゥンパ
ドゥンパゴッゴッ　ガシガシ通報
自分を　ぶどうサワーで胸がいっぱい

単語で会話します　ウニ〜
イクラ〜　実体〜　それはいつもひとつ
だからもう一歩　灼熱の雹が降るなかを
（鏡はてらてらと光り
（光りすぎて何も映さない
おれはまだ何も言っていない）
まだ何も言われていない）
サスペンス
死んだ女の声に従って爆音で流すロック
魂は濃い橙色　透かす炎天　疑獄の
ドゥンパゴッゴッ　裂傷の
悪魔の　ドゥンパゴッゴッ
クソったれ
猿が猿を追いかける熱い季節
鳩は時計を見ない（かわいそうに

見ることができない　口紅のようなスタンプ
押してもらいながら）死期が近づいてくる
よだれをゆっくりと垂らして
箪笥を引く　何もない
その瞬間に点火される我が身
赤子のように目覚めて喰らうイクラ丼
魂は　ドゥンパゴッゴッ
チャッチャヤッ！　おれはまだ何も言ってない
顔を洗えばビリビリと痛み
ウニ　炎天　鏡はてらてらと
でかい月が弾ける！
ゴッゴッ！
忘れさせてくれ　レモン救急車
揮発していくアルコール
雹はシャワー腕を熱く削ぐ

思いまくる死　何かが言われようとして
胸がいっぱいだ　きみよ
通報せよ　誰よりも早く
鏡は光りすぎて何も映さない！
おれは　泣きべそだ
卵が白熱している
いまは卵の形をしているみんな
そこにルージュのしるしを
さあ　お願いだ　聞こえるなら
魂を　ドゥンパ
ドゥンパチャッチャヤッ！
魂をそこから
もっと危険な空へ

彼方へ

ブラックコーヒーを平気で飲めるようになると同時にわたしは破綻した
画鋲を踏みかける　を何度も
毎日欠かさず
聞こえないはずの命令を聞き
暗いほうへ
まっしぐらに明るく
手を挙げ
鼻が一番前にある
情熱は
強く血を射精する

ループしないのに終わらない歌をうたいだした
ただ一曲のために
わたしは死ぬといい

バケツの横に
割れた瓶はオロナミンC
今日は三本
それだけ延びる夜と
痛む心臓
コアを刺す
それだけのための
霊気

踏んだのはいつだったか

気管を震わせ
ぶっ壊れることの清々しさ
そうしろと言われている
手刀だとささやかれれば手刀しかない
わかるだろと
わかるわけねえだろと
首を限界まで曲げ
そうして声を出せば
アイアンで飛ぶ
口から殺陣の音もしてきた
電車のような揺れ
軋み
倒さなければならない
人間を脱ぎながら
草の感触からあと一歩

二歩進む
確かに踏んでいる
いま
その先端を

何かが跳ねて
吸って
吐いて
おはよう!とがなる
汚い手で
いっとうきれいなものをつかむため

潰れたイトーヨーカドーで
わたしはずっとソフトクリームを舐めている
死んだやつとこれから死ぬやつと

これから生まれて死ぬやつ
どこだっていいから元気でやれよ
ポテトは声のように降り注いで
そのむこうにいつも欲しがってきた
からっぽに満ちた空

そこに
そこにいるなら

適当な番号を打って
電話口で延々とうたっている
そうすることがわたしを支えている
まだ立っていられること
小石のちらつく道の
果ては霞んで

だからこそ続けること

ああ　でも
誰も聴いていない、と震え
細く陰り
低まり
閉じていく声の
そこに
いま
鳩を見つけた

鳩が思考を絶して歩いている
鳩が共感を絶して歩いている
鳩が戦争を絶して歩いている
鳩がただ歩いている

おまえになりたい
おまえになりたいよ

聞いてくれ

高校二年の放課後
赤い小説の終わりで
左足親指を明るく踏み抜かれて泣いた
そのとき初めて
人のむこうに海を見た

そこへ
一歩
もう一歩

息をつないで
今日
寝たら死ぬと
思っているのだろうか
わたしは
、
。
。
、
生きている（おはよう　おはよう）
まだ

また
変な声が聞こえている

（
早く
瞬間の窓を
震わせて
すぐに
出て行け
早く
速く
）

そうだ
すべて脱いで
出て行かなければ
、

、
声
投げ上げ
サーブを
打つ
彼方へ
、
、

、

気が
つくと、
コーヒーを飲んでいる
これも一度きりなのだ

だから
何度も身を投げよう

はやく
はやく

わたしは
おれは

じりじりと燃えながら
前のめりに立つ

そこへ
踏み切っていく

まーくん

自分の脚を蹴りつづける日々のなかで気づいたのは
やめたほうがいいということ
興奮して
しかしなおも蹴りつづけます
まーくん
やめたほうがいい
ほとんど道徳的に蹴るよまーくん
でも自罰とは違う　パッション
ダンスしているようにも見える
まーくんの青春　見苦しい

痛みが散らばっている
庭園が見えてくる
恋人たちが半裸で遊んでいる
そこでもセルフキック　セルフキックまーくん
一緒に火照っている　気色悪い
くらくらする　よろめく
けれども絶対に転ばない
まーくんの矜持
どうでもいい　やめさせろ
裾をめくれば梅干しのように赤く腫れているだろう
強靱というわけではないまーくんの脚
まーくん
わかった
もうわかったから
わかってしまったから

いよいよ自分のふとももを
カッターで
ジャッ
クリ　と
割る
ように
おれは改行する
まーくん　ははは
やめられない
どうしようもなく
興奮する
ね

豚ジャンキー

頑張ってる人は豚を飼っている
豚が下手　豚肉の絵　号泣
もう沢東だ　たくさんの同志毛が
エスキモーが　豚の不在
牛がせり上がってくる
そういう仕掛けのステージ
牛の豚の　牛の翼を見たか
おまえおまえまみれて
前列で
呑まされて肩を脱臼　ああ奥様

桃源郷が見えてきました
畜生が上昇していきます　マゾ畜生が
それは違うそれはただの supermarket
贅沢については言わない決まり　手が美
志向性を鳴らされている
豚だ　すごく豚吸ってくる
のっぴきピノキオ・ザウルスだな
その頭部との戦い　デパスは違う
コロッケも違う　そうだろうか
どういうことだろうか The Dark Side
of the Moonshot 皮が外れていく
おなじみの裂肛も確認
毛だくさんの　あなたもつらかった
牛になれたらよかった
んもんも

ンモ～　意識が危うく
髭剃りを忘れディックは自己に集中
毛のことを考えるな　豚を感じろ
もっとホウもっとホウホウホウこれはっ
われわれもアゲアゲの予感ではないか
諸君
そろそろさわさわしたくはないか
どうせ壊滅するライフ
ピコって豚の　牛の豚の文字
顎関節の見取り図で
顎関節症は伝わりますか・ブーム
貝を叩いてもうラッコだ
そうだろ
折り目がついてるし
物件情報ナンバー17　いい時期

棒棒鶏の流れ星だ
万人が強くありますように
でも豚だからな
じゃじゃ豚　ジャジャンキー
隠者バットリ君　とかゼッタイダメだし
脂をやってるんだけど円が描けないよ
ジェッ噴　欠けた月の
裏側に触れている気がするぴく
オリってるオリってる
変なこと言うけど曙光感
グッグッ
グッ　グッグッグッチョな魂
Bull 音
自分を透視している
入学金が免除されようとしている空中で

記念写真を撮らないと痩せないと
チキチェキチキチェキおっほ
負けてない？って畜生
鶏冠の匂いがする　われわれの
おれたちの革命はもっと斜め上
毛はそこに苦しく立っとけ
おれたちはひりひり上がっていく
とっくに剝き出しの真皮おれたちは
異郷にしか興味がない豚ロケット
逮捕してみろ
大きな手で
拘束してみろ光の豚ロケット
焼いてやる　ジュリジュリと嚙み
おまえもジューシーだな
口内で焚くフラッシュ

貫通　蹠まで風が吹き抜けて
そうだ誰にも捕まらない
豚　鶏ではない
飛んでいく
牛ではない豚
決してパティにはならない
豚
だがそれはもはや
裏返り逆巻き
豚ではないと直観する朝の稲妻

同じうたをうたう

頭がおかしくなっても同じうたをうたう
布団人間になっても卒業式のあとの微温い空気を憶えている
おまえは七五調で詩を書き始めた
かわいくて無惨なスープ
階段から零れてくるビー玉の七色
大学ノートの罫線を守らなかった
ぼくはわたしになって尊い何かに引きずられ始める
あちこちに手紙を書きながらおまえは
いよいよおかしくなりエメラルドをかじる
秋刀魚の顔で回れ右を繰り返し
きらきらと吐いた

（緊迫の四ツ谷駅　三鷹駅　武蔵野市）
そのときも鮮やかだったレモン
爆睡
頭がおかしくなっても同じうたをうたう
逆行して数学を学び剰え教える
いまはもうないタイムカードを裏返す
乱反射　みかん箱
日本酒だかなんだか知らないが運ぶ
おまえはなぜか詩を書き続ける
未明の高架で鳴っていたナンバーガール
何も買わないまま帰ったアパートの冷たさ
アルミの薄刃で唇を切り
ホワイトボードに短歌を書きつけて
明日があるとは思えなかったおまえは
黒い太陽のもとオマール海老を散歩させ

自転車に乗るなりみりんを撒いたが
わたしはおれになって何かを引き受けた
頭がおかしくなっても同じうたをうたう
口が閉まらなかったころの詩
どうせなら吠えろ　歯を剝き出し
舞台でティッシュペーパーが撒かれ
それが涙で湿っているとおれは思った
商品は謎であり解く必要があって
自分がアイドルかと疑い
仮想通貨の話に身を貫かれた
（逡巡の代々木公園　宇宙の店）
一挙手一投足にフィードバックがある……
当然ながら脳波が取られている……
おまえそれはもう隠れ皇族だと笑って
ちやほやされたかったのだ

頭がおかしくなっても同じうたをうたう
ここぞとばかりネギトロを叩きつけ
これが表現だと喝破し
どれだけ悲しくても悲しくなくて
泣きたくても泣けなかった日々
おまえは書き連ねる
投入する自分というもの
うっとりと手渡した一輪の薔薇を
忘れない　幼稚園のやわらかな匂い
ごねて手に入れた板チョコパン
投げ上げるジャスコのコイン
天井はだんだん低くなり
喧嘩で前歯は一回折れて
くっつけてもらった……
今日は晴れている

叔母《まゆみちゃん》にもらったソーラーの腕時計は
高校受験から使っているから十五年物だ
やあ　こんな水色の日は
桜のこびりつくすべり台を逆走しに行こう
とんかつ食おう　国道沿いのかつ太郎で
綿みたいなキャベツの千切りと一緒に
それでうたおう　おまえのうた
これからまた何度もいかれるかもしれない
そのたびにベッドと一体化するかもしれない
そうだとしてもおまえはなぜだか
詩を書くのをやめないだろう
同じうたをうたう
頭がおかしくなっても
絶対に
うたいつづけてやろうじゃないか

星待ち

星が落っこちてたから蹴って
蹴って蹴ってから拾ったった
ぱさぱさしてでっか重いそれ
わけわからん齧ったったら星じゃねえ
よくわかんねえまっずい塊なんこれ
てな感じでおれは始まった
おれはおれを捨てたいんじゃ
海へ行こう思ったわ　ブリブリになってさ
汁ぶっしゃーて何のって

受け口ですって言ってなんそれ
はぁ？って顔で勝ち気やって
とりまひっぱたいて連れてくゴー
チクタクておまえタクチクて
案外そっこーで着いちゃって砂浜
どっすんこれ割る？　割るか～
ズドン割れました　終了みなさん
完了ですよですよって手え振ってな
早よおれ捨てさせてくれや
でもパッカン割れてますってだから何よ
えっえ今度こそ星じゃんか嘘じゃろ
星つっても何の星よ何よなんなん気持ち悪い
あたし帰るっていう気持ちよそれは
まあまあ　まあちょっと待とうや
誰か把握できてるこれなあ星これ

ああ捨てたい捨てたいどうしよ割れとる
食べる？　食べよか　ま
っっっっず星じゃねえよなんなんよ
星はもっとうまいんやって　そうなんて
もう帰ろうや　いや捨てるんやって
おれはおれを捨てるんじゃ
海　揺らぐ決心てやつかい
星が出るまで待とうよてな
かわいいことを自分の口が
月もあるよ出るよ出るって
全然出ん星
そらそう当然の午前
したらもう紅茶飲もうや
頭おかしなってきたわ捨てたいわあ
でも太陽も星やってさ

あんなにグワー輝いて
どんだけジューシーなんかなあ

ジャキジャキ

著者
水城鉄茶《みずきてっさ》
発行者
小田啓之
発行所
株式会社思潮社
〒一六二—〇八四二　東京都新宿区市谷砂土原町三—十五
電話〇三（五八〇五）七五〇一（営業）
〇三（三二六七）八一四一（編集）
印刷・製本
三報社印刷株式会社
発行日
二〇二四年九月三十日